EPITRE

SUR

LES SPECTACLES,

OU

MON RETOUR A PARIS.

A GENEVE,

M. DCC. LXI.

EPITRE
SUR LES SPECTACLES
DE PARIS.

Délicieux féjour, Olympe des Mortels,
Ou l'Amour a fon Temple, & Vénus fes Autels,
Paris, je vous revois ; déja mon œil découvre
La Forêt de Cythère & perce jufqu'au Louvre :
Tout fixe mes regards ; d'un côté j'apperçois
La Retraite de Mars & le Tombeau des Rois.
C'eft dans ce monument que les Dieux de la Terre
Viennent en pâliffant dépofer leur tonnerre ;
Faftueux Maufolée où le fuperbe orgueil,
Du plus fain des Bourbons a creufé le cercueil :
Plus loin de ces vallons pour arrofer la Plaine,
Je vois en ferpentant difparaître la Seine ;
Mais quels nouveaux objets s'offrent de toutes parts ?
Qui fait ainfi courir Paris aux Boulevarts ?
De femmes & d'enfans quelle affreufe cohue
Je vois en fe heurtant déboucher de la rue !
Grands Dieux ! Que d'embarras ! Que de Cabriolets !

Que d'Abbés ; ue Coureurs ; de Robins ; de Valets !
Etourdi par les cris , le bruit & les injures,
Je traverfe au milieu de fix rangs de voitures,
Pour demander quel eft ce Spectacle nouveau :
J'entends crier : *Entrez , c'eft ici Ramponeau ,*
Monfeigneur ; Ramponeau : voyons : *entrez , mon*
     Prince ;
Me dit le harangueur : arrivant de Province
Je crus tout bonnement que quelque rareté ,
Excitant du Public la curiofité,
Attiroit ce concours de filles défœuvrées,
De Ducs , de Freluquets & de Femmes titrées;
Là : près d'une Intendante affife en rang d'oignons
Figuroit fur un banc la Marmotte *Fanchon ;*
La Fille d'Opéra coudoyait la Ducheffe,
Et *Damis* féparait fa femme & fa maîtreffe :
Mais on léve la toille , & *Ramponeau* paraît.
Un Manant ridicule eft le pláifant objet
Qui raffemble Paris : honteux je me retire,
Et laiffe mes Badeaux qui fe pâmaient de rire.
    Du plus beau lieu du monde , aimables Citoyens ;
Vous verra-t on toujours occupés de *Pantins* ;
Déferter les *Français* * pour courir les Parades?
Quel plaifir trouvez-vous à ces turlupinades,
A ces fades difcours , à ces fales propos,
Que débite un *Pafquin* monté fur deux traiteaux?
De *Vadé* voulez-vous enrichiffant la plume,

  * La Comédie Françoife.

Des proverbes de Halle augmenter le volume ?
Que *Life* chaque foir, au fortir de fon lit,
Vienne fur les Remparts en cornette de nuit,
A l'abri de deux ftors dérobant fa figure,
Promener triftement fon antique voiture ?
Life a raifon; fon tein foutient mal le grand jour :
Mais B▮▮▮▮M▮▮▮mais d'E▮▮▮dont l'amour
Arrondit l'embonpoint, & calqua la figure,
Sur le moule piquant des Grâces d'Epicure;
Sont faites pour orner ce fuperbe jardin,
Qu'au fiécle des Beaux-Arts un compas à la main,
Le Nautre deffina pour décorer le Louvre.
Telle dans ces jardins d'où l'œil au loin découvre,
On voit dans le Printemps la Vénus de nos jours,
Sous un berceau de myrthe affembler les Amours,
Pour furprendre Zéphire au lever de l'aurore,
Sur le fein d'une fleur, qu'il vient de faire éclore;
Les Grâces & les Ris accompagnent fes pas;
La fraîcheur du matin ajoute à fes appas;
Le Nature fourit en la voyant fi belle,
Et Zéphire la prend pour une fleur nouvelle;
Mais où court mon efprit ? de ces Remparts poudreux
Me voici tranfporté dans le Palais des Dieux;
De peur de m'égarer, regagnons notre Sphère;
D'*Icare* redoutons le projet téméraire.
Quiconque de trop près approche du Soleil,
Sans pouvoir l'éviter, doit craindre un fort pareil.

Dans un chat élégant mollement étendue;
Quelle Divinité se présente à ma vue!
Un vernis répandu sur des paneaux dorés,
D'un crystal transparent, avec art séparés,
Défend de vingt Magots la grotesque figure;
Deux rapides coursiers enlévent la voiture,
Et la Déesse approche : ô temps! ô siécle! ô mœurs!
Quoi! tu parais encore après tant de noirceurs?
Quand Paris qui te hait, sans rappeller tes crimes,
En nommant tes amans peut compter tes victimes?
Oses-tu te montrer, méprisable A***di
Bâtarde d'un hautbois, épouse d'un bandi,
D'un imbécile amant, trop insolente idole,
D'E***** te doit la mort, Licidas la V****
F****son déshonneur, l'Univers du mépris :
Mais quelle autre Beauté? quelle est cette I***s?
A sa main jadis rude, aujourd'hui satinée,
Pour de bonnes raisons si souvent savonnée:
A son air, à son geste, à ce regard mutin,
A ce joli souris, à cet air libertin,
Sous un nom emprunté je reconnais *Victoire*,
Eléve d'un Couvent d'une illustre mémoire,
Des bras de la *Paris* un Abbé l'enleva;
Au faîte des grandeurs un Comte l'éleva;
De Varenne parée en pompeux équipage,
Du luxe de nos jours fut la brillante image :
De même que l'insecte une fois papillon,
Ne jouit qu'un instant de sa belle saison,

En un jour élevée , en un moment déchue ;
On la verra bientôt barboter dans la rue.

Mais l'heure approche où fur un Théâtre bouffon,
Confident d'un héros & vainqueur d'un griffon,
Au mépris de Cothurne Arlequin doit paraître ;
C'eft là qu'on voit *Favart*, maîtreffe de fon maître,
Pour s'en faire époufet contredire un vieillard ;
Où déguifant fa voix fous l'habit favoyard,
Tête-à-tête au Caffé le foir à la fourdine ,
Vis-à-vis fon mari furprendre *Coraline*.
On y voit *Catinon* par l'attrait des plaifirs ,
D'un trop volage époux réveiller les defirs ,
Pour regagner fon cœur , n'employant que fes char-
        mes ,
A *Saint Far* enchanté faire rendre les armes.
Aimable *Catinon* , dont l'art fi féduifant
De plaire & de charmer eft le moindre talent ,
Du Public connaiffeur tu ravis le fuffrage ,
Moi je prétends te rendre un plus fenfible hommage,
Il eft digne de toi , puifqu'il t'eft préfenté ;
Ton cœur en eft l'objet , le mien me l'a dicté.
Quoi ! déjà tout finit , & la vive *Camille*
Pour le féjour des Dieux abandonnant la Ville ,
Des trois Graces fuivie , & fon fils dans les bras ,
Va priver les Mortels de fes riants appas :
Vénus toutefois prête à quitter fa toilette ,
Adreffa ce difcours à plus d'une Coquette.
    La Comédie Italienne.

Il n'est qu'un seul moyen de parer la Beauté,
C'est l'Amour : ce miroir sans cesse consulté,
Ne vous y trompez pas, apprend mal l'art de plaire,
Le cœur conseille mieux dans l'amoureux mystère ;
Belles qui m'écoutez, quand vous sçaurez aimer,
Mon fils vous montrera comme ou peut enflammer.

Le soir chez mes amis devenu Parasite,
J'entendrais *Darnoncourt* pénitent Sybarite,
Regrettant les erreurs de sa belle saison,
Peindre l'art de jouir en prêchant la Raison ;
Et nouveau Sectateur des Loix de la Nature,
Prétendre en fait d'amour, quoiqu'en dise *Epicure ;*
Que l'instant qu'on oppose aux plus pressans desirs,
Mûrit la jouissance, & triple les plaisirs.
J'irai sortant de table applaudir au Théâtre,
A ces jeux défendus que *Grandmont* idolâtre,
Juger à son début l'Ouvrage d'un Auteur
Qui souvent attend tout du talent de l'Acteur.
J'y verrais *Dumesnil*, ou plutôt Melpomène,
Attirant tout Paris sur la tragique Scène,
D'une Amante offensée imitant les fureurs,
De sa haine étonner, ou remplir tous les cœurs ;
Quelquefois immolant d'innocentes victimes,
De Médée à nos yeux retracer tous les crimes.
Souvent aux pieds d'un Monstre altéré de son sang,
D'Egyste reconnu caresser le Tyran.
Je reverrais *Clairon* maîtresse de la Scène
En longs habits de deuil sous les traits de Chimène

* La Comédie Française.

Contre un chef ennemi, tendre objet de ses pleurs;
Craindre de décider par ses vives douleurs
La Justice d'un Roi qui l'aime, & qui balance;
Ou *Camile* en fureur respirant la vengeance,
Contre les jours d'un frere en ses criminels vœux
Soulever la Nature, & l'Enfer, & les Cieux;
D'un laurier tout sanglant lui reprocher la gloire;
Et le forcer enfin à souiller sa victoire.

Successeur de *Dufresne*; héritier séduisant
De son rare talent; toi qui représentant
Les vertus des héros, leurs crimes, leur foiblesse,
Au jeu le plus brillant joins l'âme & la noblesse,
Le Kain, que tu me plais, quand maître de mes sens
Tu me fais éprouver tout ce que tu ressens!
Soit que fils vertueux d'une coupable mere,
Servant d'un Dieu vengeur l'implacable colere,
Tu sortes tout sanglant du tombeau de Ninus;
Soit que fils criminel du stoïque Brutus,
Tu pleures dans les bras d'un Romain trop sévere:
Mais quand voyant briller entre les mains d'un pere,
Sur le sein d'Hypermnestre un poignard suspendu,
Tu peins le désespoir d'un amant éperdu,
Tous les cœurs partageant ta douleur & ta rage,
Volent pour désarmer le tyran qui t'outrage.

Mais tout change; & je vois trompant leurs sur-
veillans,
A l'aide d'un Valet, intriguer deux amans;
Sous le masque des Ris, la fine *Dangeville*,

Jouer d'après nature, & la Cour & la Ville ;
Tantôt d'un jeune objet servant la paffion,
Ecarter un témoin qui n'eft point de faifon ;
L'inftant d'après, Coquette ou Bourgeoife à la mode,
D'un mari tout uni faire un époux commode ;
Ou lorgnant un Galant, retirée à l'écart,
Pour lui rendre un poulet, minauder avec art ;
Soubrette inimitable, adroite, gaie, unie,
Pour la peindre en trois mots, rivale de Thalie,
Cette immortelle Actrice eft feule fans défauts ;
Dumefnil a fes jours, & *Grandval* des égaux ;
Là, j'apperçois *Gauffin*, cette charmante Actrice
Déguifée en Agnès, d'un air fimple & novice,
Exprimer fes defirs par fa tendre langueur,
Et peindre dans fes yeux les miracles du cœur ;
Retrouver dans l'Oracle une mine enfantine,
Ou du Comte d'Orban triompher dans Nanine.

Préville, Acteur charmant, admirable Crifpin
Que tu me divertis ! quand d'un Abbé Poupin,
Empruntant l'air, le ton, le gefte & la figure,
Tu viens en manteau court prendre place au Mercure.

Et toi, qui dans ton jeu, des plus vives couleurs,
Nuance, en t'amufant, le tableau de nos mœurs.
Que tu peins bien un Fat ! puifque tel que tu joue,
Lui-même en s'admirant t'applaudit & te loue.
Quelquefois Mifantrope, ou Raifonneur fâcheux ;
Aujourd'hui Philofophe, & demain Glorieux ;
Mais furtout affectant une froideur extrême,

Quand furpris par l'Amour, & guidé par lui-même,
Tu fais avec tant d'art, triompher *Marivaux.*
Grandval, je me dédis; tu n'as point de rivaux.

Le lendemain, je vole à ce Palais Magique, *
Qu'anime encor *Lulli* de fa tendre Mufique,
Un fceptre de cryftal en fes débiles mains,
L'Amour dans ces beaux lieux gouverne les humains;
Refpirant fous ces loix, on y voit cent Prêtreffes
Annoncer ces faveurs, & vanter leurs faibleffes.
Là, *le Miere* en chantant montre l'art de charmer.
Larrivé dans fes fons apprend celui d'aimer :
Que vois-je ? La *Lany* de fon exacte danfe
Par fes pas mefurés annonce la cadence :
Que d'aifance ! que d'art ! que d'accord ! d'union !
Quelle légéreté ! quelle précifion !
Oui, dans ces temps féconds que tout Paris nous
     vante,
Camargo fut moins vive, & *Salé* moins brillante ;
Ne penfes pas, *Lany*, que dans les plus beaux jours,
Ton air trop férieux éloigne les amours;
Vénus ne voulant point refter feule à Cythère,
En te cédant les fœurs, s'eft réfervé le frère ;
Je connais la coquette ; elle aura craint tes jeux ;
Mais, crois-moi, cet enfant le plus malin des Dieux,
Avec certain fripon, qu'on nomme le myftère,
Pour t'aller retrouver, fçaura tromper fa mère.

Mais quel nuage affreux vient obfcurcir le jour ?
* L'Opéra.

Tout annonce l'horreur, je ne vois plus l'amour;
C'est Armide qui vient d'esprits environnée,
Un poignard à la main, de serpens couronnée.
Elle cherche Renaut : la rage est dans son cœur;
Ce Renaut, qui bientôt doit être son vainqueur,
Est l'objet détesté que poursuit sa vengeance:
La cruelle avec joie essayant sa puissance,
D'un coup de sa baguette éléve, anéantit;
L'Enfer, les Élémens, & le Jour & la Nuit
A ses ordres soumis respirent sa tendresse,
Ou servent en courroux sa fureur vengeresse.
Le Palais du Destin environné d'éclairs,
Sur les aîles du temps soutenu dans les airs,
Descend du haut des Cieux : l'avenir y préside;
C'est lui que sur son sort vient consulter Armide.
En vain tu hais Renaut, lui dit-il..., *pour toujours*
De lui seul dépendra le bonheur de ses jours;
D'un Dieu charmant telle est la volonté suprême,
J'ai prononcé l'Oracle, il l'a dicté lui-même.
Aux ordres du Destin, esprits, obéissez.
Démons, rentrez sous terre, affreux cahos, cessez;
Armide a vû Renaut; Renaut n'est plus coupable:
(Peut-on encor haïr ce qui paroît aimable?)
Tout change en un instant; la nuit fait place au
       jour;
Mortels, reconnaissez le pouvoir de l'Amour :
Le Palais s'envolant disparaît dans la nue,
Un Partèrre aussitôt le remplace à ma vue;

Du grand *Servandoni* magique illusion,
Effet de sa brillante imagination :
Tout n'est qu'enchantement ; sous l'habit de Colette
Arnoud subjugue Mars : le son de la trompette
Rappelle en vain ce Dieu dans les champs de l'hon-
   neur ;
Plus content, plus heureux de posséder son cœur,
Qu'il n'était autrefois jaloux de la victoire,
Pour la suivre il renonce aux hasards, à la gloire;
Et livrant sans danger, de plus tendres combats,
Il met tout son bonheur à mourir dans ses bras.
L'amour excuse tout, dans le siécle où nous sommes,
Le Plaisir est le Dieu, qu'encensent tous les hommes;
Nous vivons pour jouir ; il suffit d'être heureux,
On est justifié dès qu'on est amoureux.
  Ainsi dans ces jardins embellis pour te plaire ;
Qu'on prendrait pour Paphos, Amathonte, ou Cy-
   thère ;
Coupé, quand un regard lancé de tes beaux yeux,
A donné le signal d'un combat amoureux ;
Sous ces ombrages frais, asyles du mystère,
Sur un lit de gazon qui touche à la fougère,
Tu suis un Prince aimable, & les jeux, & les ris,
Tandis que chaque mois, pour cinq fois dix louis,
D'un paillard impuissant, Poupone avec adresse.
Electrise les sens flétris par la vieillesse :
Ou que par passe-tems, ruinant un Fermier,
La Deschamps met Crésus sur son ancien fumier.

Mais j'entens de doux sons ; & la *Vestris* arrive ;
On dirait qu'elle veut , par sa marche lascive ;
Du libertin *Boucher* , échauffant le cerveau ,
A peindre Messaline , exciter son pinceau :
O toi qui sans danser , te pâmant en mesure ,
Fais passer dans nos cœurs un rayon de luxure ;
Quand te reverra-t-on, pour ton bien, notre honneur
Pour le repos du monde , & ton propre bonheur ,
En pet-en-l'air de gaze , au retour du Théâtre ,
Prodiguant tes trésors de corail & d'albâtre ;
De ces fiers ennemis contre nos jours armés.
Vengeant sur ton sopha les Français opprimés ,
Plus que tous nos vaisseaux nuisible à l'Angleterre ;
Dans le sein de la Paix leur déclarer la guerre :
    C'est ainsi qu'à Paris au milieu des Plaisirs ,
Vivant sans embarras , sans projets , sans desirs ;
Du tableau du Moment variant la journée ,
J'attendrais désormais la fin de chaque année.

F I N.

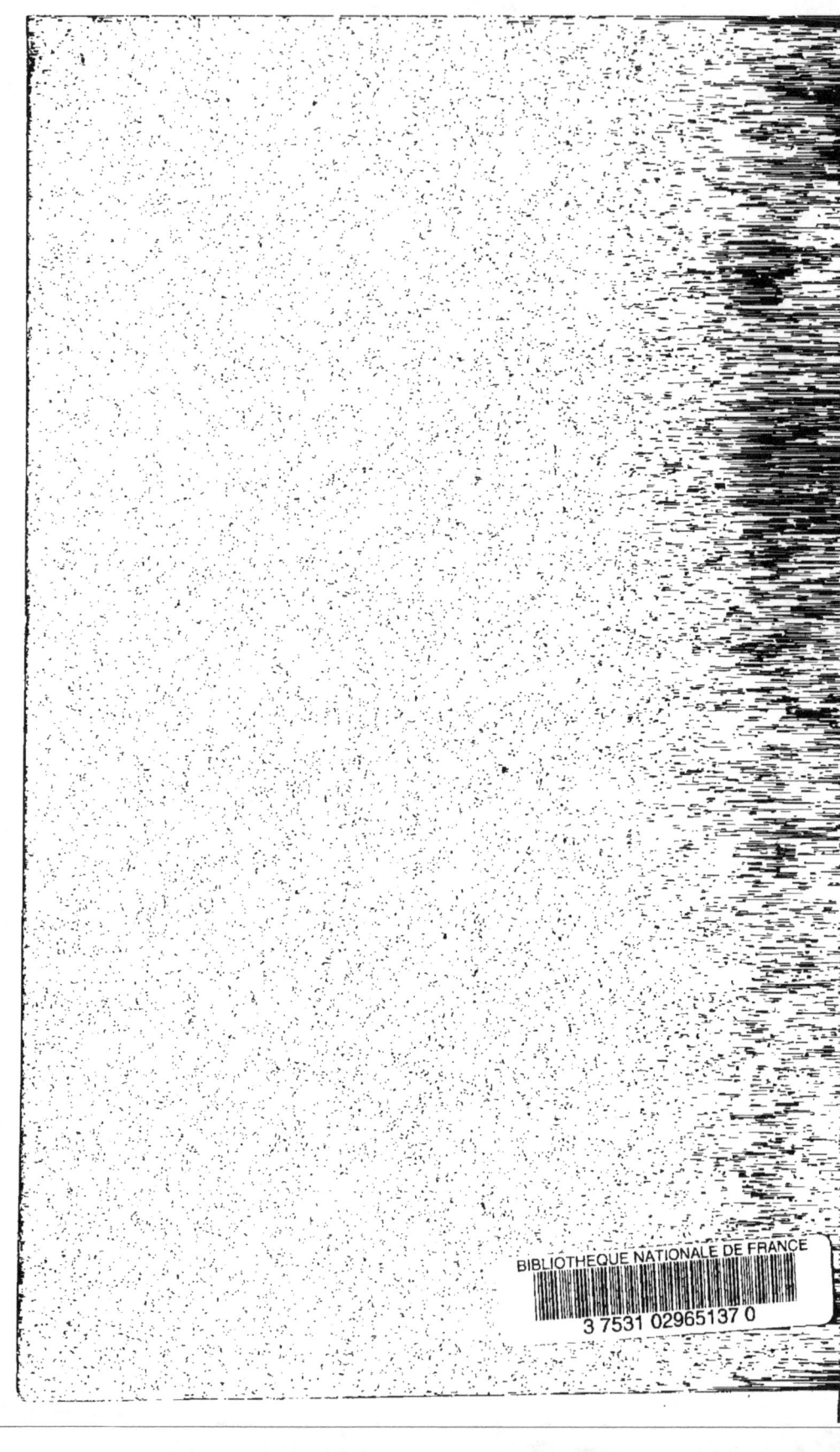